L'entrenadora

de

Erika Sanders

sèrie

Dominació i Submissió Eròtica

Sinopsi

L'Erika creu que la seva entrenadora és molt sexy. Farà alguna cosa quan estigui sola amb ella?...

L'entrenadora és una novel·la de fort contingut eròtic BDSM i, alhora, una nova novel·la pertanyent a la col·lecció **Dominació i Submissió Eròtica**, una sèrie de novel·les d'alt contingut BDSM romàntic i eròtic.

(Tots els personatges tenen 18 anys o més)

L'ENTRENADORA
DE
ERIKA SANDERS

Tot i estar bastant esgotada pels cursos universitaris del dia, l'Erika encara va fer un esforç per entrenar al gimnàs de la universitat. Ella ho necessitava. Francament, era la pitjor jugadora de l'equip de softbol.

Per descomptat, ja estava en bona forma, però en comparació amb les altres noies de l'equip, simplement no era prou bona i va ser un miracle que fins i tot fes l'equip. L'equip necessitava un mínim de jugadors i l'Erika era aquest mínim.

Després de realitzar una rutina d'empenta/estirada amb diverses màquines, va prendre un respir abans de colpejar els abdominals. Va fer trenta repeticions en ràpida successió en un banc, va descansar un minut i després va repetir el set dues vegades més.

Quan va lluitar en l'últim set, va mirar cap amunt per veure una cara bloquejant la llum. Una dona es va posar a l'atzar sobre ella amb la cara suada, una cua de cavall desordenada i una tovallola embolicada al coll.

"Vinga, repeticions, repeticions, repeticions!" va animar la dona en broma.

L'Erika va reconèixer a l'instant que era l'entrenadora Bethy. Va fer unes quantes repeticions addicionals als abdominals com per demostrar la seva duresa, després es va aixecar per saludar l'entrenadora Bethy.

"Hola", va somriure, respirant profundament de l'entrenament.

L'entrenadora Bethy va tornar el somriure. "Ho sento per molestar el teu entrenament. Necessites un impuls".

"Sí, estic intentant posar-me en millor forma".

"M'alegro de veure que estàs treballant dur", va respondre l'entrenadora Bethy.

"Parlant d'això, vas estar aquí tot el temps? No t'havia vist."

L'entrenadora Bethy es va netejar la cara amb una tovallola. "He estat a la sauna durant l'última mitja hora. Abans vaig fer una hora de cardio a la cinta de córrer".

"Bonic."

"Ets una corredora, Erika?" ella va preguntar. "Quan sovint corres?"

"No tant com m'agradaria. Corro més sovint quan no hi ha escola. Potser 3-5 milles".

"Meravellós."

"Òbviament no tinc resultats com els que tens tu", va respondre l'Erika, notant que els músculs de l'entrenador s'ondulaven quan respirava. "Vull dir, Déu meu, el teu físic és increïble".

L'entrenadora Bethy va flexionar un bíceps. "Gràcies. Molt treball dur."

"Vull dir, seriosament. Tens una genètica fantàstica".

"En certa manera, però amb tota honestedat, sóc intel·ligent amb la meva rutina".

"Algun secret?" va preguntar l'Erika. "Mataria per tenir un cos com el teu".

"En primer lloc, gràcies, això és dolç. En segon lloc, estar orgullosa del cos que tens. Les dones són massa dures amb elles mateixes. Crec que cada dona és preciosa a la seva manera única. Sigues tu mateix i fes el que tens".

L'Erika va assentir. "Oh, definitivament estic d'acord amb aquest sentiment. Però no totes les noies estan en un equip esportiu. De fet, sóc al TEU equip, i les nostres probabilitats de guanyar partits augmentarien de manera exponencial si estigués en millor forma".

Per a més efecte, l'Erika va batre les pestanyes i l'entrenadora Bethy va riure.

"Digues-me la teva rutina d'entrenament i la teva dieta típica. Aleshores et faré algunes reflexions si puc".

L'Erika va fer un resum ràpid del seu règim de fitness i pla nutricional habitual; tot, des de com li agradava córrer i quins exercicis feia.

"Crec que he trobat el teu problema", va dir l'entrenadora Bethy en un to concloent.

"Què es?"

"Probablement hagis arribat a un altiplà. És quan el teu cos està tan acostumat a la mateixa rutina que deixa d'adaptar-se, per la qual cosa ja no estàs guanyant".

L'Erika va arrufar els llavis. "Hmmm... Interessant. He fet servir la mateixa rutina durant anys, així que potser tens raó".

"Potser aixecar peses més pesades o provar exercicis més explosius. Canvia les coses, troba alguna cosa divertida".

"Alguna recomanació?"

"Personalment, m'agrada nedar", va respondre l'entrenadora Bethy. "És de baix impacte a les meves articulacions, d'alta intensitat i em dóna una sensació de llibertat quan estic a l'aigua".

"Déu, de petit m'agradava nedar. Menys quan la nostra família es va mudar a un lloc diferent. No he anat a nedar gens des que em vaig mudar a la universitat".

"Aquí està. Problema resolt. Prova de nedar. Neda amb força, neda ràpid, però no et faci massa mal, o no podràs practicar bé el softbol. Si ho combines amb una bona alimentació, " Notaré grans canvis al teu cos".

"El problema és que totes les piscines properes sempre estan ocupades", va gemegar l'Erika. "Sobretot la piscina de la universitat".

"És cert, per això sempre arribo al campus d'hora i nedo sol. L'horari em funciona perfectament".

"Nedar sol? Això deu ser bonic. Només puc somiar".

"Estic sentint gelosia?" va burlar l'entrenadora Bethy. "Sí, tinc la piscina per a mi. És terapèutic per a mi, tant físicament com mentalment. És una bona manera de començar un dia ocupat".

"Estic totalment gelós".

"És benvingut a unir-te a mi, sempre que ho mantinguis en secret".

"Estàs segur?" Va preguntar l'Erika, sorprès per l'oferta.

"Per què no? Estaràs incòmode?"

"Depèn. Ets un assassí en sèrie?"

L'entrenadora Bethy va negar amb el cap. "No, però potser sóc un assassí en sèrie que mata altres assassins en sèrie, com Dexter".

"Funciona per a mi", va respondre l'Erika, abans d'aturar-se a pensar. "No et molesto, oi? Vull dir que no vull molestar el teu temps privat".

"Tonteries. Seré a la piscina a les 6:45 de dilluns al matí. Si esteu interessats, aneu puntuals i porteu una tovallola i un banyador. Estarem una hora sols".

"És una cita", va somriure l'Erika.

L'entrenadora Bethy va fer una mirada interrogativa. "Elecció de paraules interessant. De totes maneres, he d'anar i necessito una dutxa. Perdoneu interrompre el vostre entrenament abdominal."

"No et preocupis. Els abdominals em
xuclen de totes maneres."

L'entrenadora Bethy va picar la panxa de
l'Erika. "Dilluns al matí. Us mostraré
unes quantes bones rutines abdominals
a la piscina".

"Creus que això em funcionarà?"

"M'ha funcionat", va respondre
l'entrenadora, fregant-se la panxa plana i
sentint els músculs tensos.

CAPÍTOL 2

Amb tota seriositat, l'Erika va quedar bocabadada per l'oportunitat d'entrenar en privat amb l'entrenadora Bethy. Al cap i a la fi, aquesta entrenadora era una persona fantàstica i en forma fantàstica.

En el fons, l'Erika sempre va somiar amb ser aquella noia. La noia que havia colpejat el tir guanyador, tot l'equip l'aixecava sobre les seves espatlles, perquè pogués desfilar pel camp com a heroi. Era improbable, però tanmateix una fantasia.

Dilluns va arribar a temps i va saludar l'entrenadora Bethy. Després d'obrir la piscina, encendre els llums i encendre la calefacció, van anar al vestidor a canviar-se. Es van posar el banyador a diferents zones de taquilles perquè no es veiessin nus.

Es van reunir a la zona de la piscina on es van dedicar un moment per admirar els vestits de bany dels altres.

"És nou?" va preguntar l'entrenadora Bethy.

"Sí. El vaig comprar el cap de setmana".

Sembla que estàs llest per marxar.

Van fer els seus escalfaments i van afluixar les extremitats durant diversos minuts. Quan els seus cossos estaven calents, es van submergir a la piscina i van nedar. Ritme normal al principi. Després van nedar ràpidament d'anada i tornada entre els dos extrems de la piscina, treballant la seva força i resistència cardiovascular.

Després de deu voltes amb molt poc descans entremig, es van recolzar al costat de la piscina amb els braços al formigó.

"Això va ser intens", va bufar l'Erika amb una respiració pesada.

"Ho va ser. I m'encanta".

El ritme cardíac de l'Erika va anar cap a la normalitat. "Demà segur que em faré mal".

L'entrenadora Bethy va aixecar una cella. "Així que creus que ja hem acabat?"

"No ho som?" va respondre l'Erika.

"Els teus abdominals, recordes? No volies treballar-hi?"

"Crec que he tingut prou d'un entrenament bàsic nedant aquestes voltes".

Un somriure sàdic va sortir als llavis de l'entrenadora. "Tonteries. Ja estem a la piscina, així que també podríem fer el que hem vingut aquí. Segueix el meu exemple. Posa l'esquena contra la paret, agafa't al formigó amb els braços i aixeca les cames. Així. ."

L'entrenadora Bethy va donar l'exemple, col·locant-la d'esquena contra la paret, recolzant els braços sobre el formigó i després aixecant les cames perquè els seus peus caiguessin fora de l'aigua. Va fer diverses repeticions. L'Erika va fer el mateix però va lluitar després de la tercera repetició.

"Això és difícil", va sospirar l'Erika, tornant a posar els peus cap avall. "És molt més difícil amb l'aigua que afegeix resistència".

"Aquest és el punt."

"No puc continuar".

"Segur que pots, només unes quantes repeticions més".

L'Erika va treure la llengua. "Ughhh.... em pots ajudar almenys?"

"Segur."

Va ser llavors quan l'entrenadora va posar les mans a l'aigua per ajudar l'Erika prement per sota de la part inferior de les cuixes, permetent fer més repeticions.

"Ara, això és el que jo dic entrenament", va somriure l'Erika mentre l'entrenadora l'ajudava a aixecar les cames per fer unes quantes repeticions més.

"Em sorprèn que encara no t'hagi espantat, sincerament".

"De l'entrenament? No sóc el millor esportista natural, però tampoc sóc un abandonador. Tot i que vaig intentar deixar-ho fa un moment. Sóc persistent quan ho necessito".

L'Erika va continuar fent elevacions de cames a l'aigua mentre l'entrenadora ajudava els seus moviments.

"Em refereixo a l'altra cosa", va dir l'entrenadora Bethy. "No semblas del tipus. Per això em sorprèn".

"Ara estic totalment confós".

"No importa."

L'Erika va baixar les cames i es van mirar. "Vas al·ludir a alguna cosa la setmana passada sobre no voler entrenar amb mi. Ara estàs donant a entendre alguna cosa de nou. Hi ha alguna cosa que trobo a faltar? Vull dir, ets un assassí en sèrie o què? Et prometo que no ho diré. "

"No ho saps?" va preguntar l'entrenadora Bethy. "Sóc lesbiana. Suposo que ets l'única noia de l'equip que encara no ho ha sentit."

"Oh..."

"No has rebut la nota?"

"No sabia que n'hi hagués cap", va arronsar les espatlles l'Erika.

"Entenc que som l'any 2023, i no suggereixo que siguis homòfob ni res. Però algunes de les noies de l'equip provenen d'entorns religiosos, els pares de les quals aporten molts diners a aquesta institució acadèmica. És una cosa complicada. "

"T'estan fent xantatge?"

L'entrenadora Bethy va negar amb el cap. "No, res d'això. És una història llarga. Però bàsicament algunes de les noies de l'equip em van veure besar una professora al vestidor".

—Una professora? Va preguntar l'Erika, amagant la seva sorpresa.

"Sí, una professora. Va ser una cosa de curta durada. La professora no va poder esperar i va entrar i ens vam fer un petó. Vaig pensar que teníem prou privadesa així que ho vaig permetre. De totes maneres, ho van veure i van quedar tan sorprès com ets. Vam parlar i van acceptar mantenir-ho en secret per a mi. Tanmateix, les noies seran noies, i sé que difonen informació sobre mi. He notat que algunes de les jugadores de l'equip riuen quan em veuen. Ei, això és la vida, oi?"

"Això és una merda".

"Què puc fer? No estic en una posició d'avantatge aquí".

"Som el 2023, pots ser tan gai com vulguis", va dir l'Erika.

"Ho sé. Però l'estigma hi serà, i no vull fer les coses estranyes perquè estic molt al voltant de membres destacats d'aquesta institució. Membres que, diguem-ne, són molt més tradicionals que nosaltres. No és això. és una cosa dolenta, així és com és".

"Que consti, no tinc cap problema amb el teu estil de vida. Crec que ets preciosa i increïble. I ho dic realment des del fons del meu cor".

"Això significa molt", va somriure l'entrenadora Bethy. "De totes maneres, no estava segur de quines eren les teves opinions. Per això vaig dubtar que féssim entrenaments en privat".

"Com saps per quina direcció em balanceo?"

"Els teus ulls tendeixen a mirar els meus músculs. No els meus pits, cames o llavis".

L'Erika va somriure. "Suposo que és un bon indicador".

"Bé, millor sortim de la piscina abans de convertir-nos en prunes seques per estar tant de temps a l'aigua".

"No he acabat amb les cames elevades".

"No ets?" va preguntar l'entrenadora Bethy, sabent cap a on anava això.

"Estic segur que puc esprémer unes quantes repeticions. Déu sap que el meu nucli necessita tota l'ajuda que pugui rebre".

"Suposo que necessites ajuda".

L'Erika va pressionar l'esquena contra la paret i es va agafar al formigó. "No puc fer aquests aixecaments de cames a la piscina sense la teva ajuda. És evident que no sóc tan fort com tu".

"Crec que comprometre's amb la teva forma física és molt fort".

L'entrenadora Bethy va posar la mà a l'aigua i va tornar a col·locar les mans sota les cuixes de l'Erika, ajudant-la a fer les elevacions de cames a l'aigua. L'humor entre ells havia canviat. Va ser com si es van apropar més a partir de la informació que compartien. La vinculació acostuma a produir-se així.

"Què se sent?" va preguntar l'entrenadora Bethy. "Ja estàs cremant?"

"Estàs parlant del meu nucli o de les teves mans a prop del meu cul?"

L'entrenadora Bethy va fer un sospir simulat. "Contesta-ho com vulguis".

"Tots dos cremen. En el bon sentit".

Les dones es van somriure les unes a les altres, i després d'unes quantes més de les repeticions assistides, l'Erika va suplicar que s'aturi quan li feien mal els músculs de l'estómac. L' entrenadora

Bethy va deixar anar i l'Erika va posar les cames al terra de la piscina.

"Ets un bon esport", va dir l'entrenadora Bethy amb alegria. "M'agrada la teva ètica de treball".

L'Erika es va tensar de sobte. "Puc demanar-te alguna cosa? És una mica vergonyós, però vull preguntar-te de totes maneres."

"Segur, qualsevol cosa".

"Quan ho vas saber? Vull dir, saps què vull dir. Però quan ho vas saber?"

Per descomptat, l'entrenadora Bethy va entendre la pregunta. "Sempre ho he sabut. Per què? Els meus instints estan equivocats sobre tu?"

L'Erika va negar amb el cap. "No, bé, no
ho sé. És complicat".

"Hmmm..." va tararear l'entrenadora
Bethy per sota de la seva respiració. "Ets
interessant".

"Per què? Perquè sóc una dona estranya
i no cau en les caixes estereotipades?"

"Pot ser."

"Bé, això és tranquil·litzador", va
respondre l'Erika...

"Està bé ser curiós. És perfectament
natural. Però no estic segur de si sóc la
persona adequada amb qui hauries de
parlar. Sóc una empleada d'aquesta
escola i estic obligada per directrius
ètiques".

"Sóc un adult".

L'entrenadora Bethy va respirar profundament. "Si tens curiositat per alguna cosa, aleshores estic aquí per tu. Sé que estàs en un moment difícil de la teva vida, sent una dona jove a la universitat".

"Gràcies."

"Hi havia alguna cosa concreta del que volies parlar?"

"Com va passar la primera vegada?" L'Erika es va obligar a preguntar. "Vull dir, vas perseguir l'altra persona? O l'altra persona va anar darrere teu?"

"Va ser mutu, per ser honest. La meva primera vegada va ser sobre la teva edat quan estava a la universitat. Vaig ser companya d'habitació amb aquesta noia. T'estalviaré els detalls. Però sabia què era. Ella estava a la tanca de coses. L'única cosa que teníem en comú era que ens ho vam encertar. Teníem una gran química junts i, sorprenentment, ella se sentia atreta per mi".

"No trobo que sigui una sorpresa en absolut. Ets calent."

L'entrenadora Bethy va somriure: "Gràcies. Però aquesta va ser la meva primera vegada. Va passar una nit quan estàvem estudiant junts. Us estalviaré els trossos sexy".

"Estudiar i després besar-se. Sona molt bé."

"Encara no puc creure que els meus instints estiguessin equivocats sobre tu".

L'Erika es va arronsar d'espatlles. "Mantinc certes coses sobre mi molt ben vigilades. Sóc bo amb els secrets. Mai abans havia tingut aquesta discussió amb ningú".

"Bé, estic afalagada. Ara, per què ho preguntes? Tenies algú al cap? Amb algú amb qui t'interessa sortir?"

"Va, no. Admeto que penso en algunes de les meves amigues així, i no m'importaria fer-les un petó, però ningú encara no m'ha fet cap moviment".

L'entrenadora Bethy va riure. "Així vius la teva vida? Esperant que els altres facin el primer pas?"

L'Erika va assentir.

"Aquesta no és una bona estratègia de vida", va respondre l'entrenadora Bethy. "De fet, és una estratègia de vida terrible".

"Quina és l'alternativa? Anar colpejant amb noies al bar local? Trobar una aplicació per lesbianes Tinder al meu telèfon? No sabria què fer".

"Hmmm..."

"Què vol dir això?"

L'entrenadora va negar amb el cap. "No importa."

"No em diguis."

"Res. Només pensava que com que pots mantenir un secret, ens portem bé, i tenies curiositat, t'hauria pogut ajudar amb el teu petit dilema. Per descomptat, això seria una violació de l'ètica".

Els ulls de l'Erika es van eixamplar i no va fer cap esforç per amagar les seves emocions. Una oferta així podria estar realment sobre la taula? Només de pensar-hi, li va creuar les cames a la piscina. Ella tampoc va fer cap intent d'amagar-ho. De fet, estava segura que l'entrenadora Bethy podia olorar la seva excitació que emanava de la piscina utilitzant superpoders.

"Puc guardar un secret", va xisclar l'Erika.

"Les regles són regles. No hauria d'haver esmentat això".

"Així que mai condueix per sobre del límit de velocitat?"

"Això és diferent".

"Com?"

L'entrenadora Bethy va pensar un moment. —Jureu no dir-ho mai a ningú?

"Ho juro. Quan es tracta de secrets, sóc fiable".

"Si incompleixes aquesta promesa, el càstig és la mort".

L'Erika va batre les pestanyes i va assentir. "Triple jurament".

"Tanca els ulls."

I va ser llavors quan tot va canviar. L'Erika va mantenir els ulls tancats, va sentir el fluir de l'aigua al seu voltant, després va sentir un parell de llavis pressionar contra els seus. El petó va ser agradable, suau i apassionat. Era com hauria de sentir un bon petó. Va ser molt més tendre que qualsevol altre petó que hagués sentit mai. La sensació de tocar-se els seus llavis va enviar una sensació agradable a la columna vertebral de l'Erika.

Quan l'entrenadora Bethy va ficar la llengua, l'Erika va sentir que el seu cony es tancava, amb força. Les cames es van creuar amb més força i els dits dels peus es van encreuar. Les seves llengües van lluitar durant uns segons abans que l'entrenadora Bethy s'allunyés.

"Ja pots obrir els ulls", va dir l'entrenador.

L'Erika va obrir els ulls per veure la bella dona somrient. "Això va ser..."

"Ara ja saps com és. La curiositat ha desaparegut".

"T'ha agradat? Vull dir, fer-me'l".

L'entrenadora Bethy va assentir. "Sincerament, tens bon gust. Deliciós, fins i tot."

"Gràcies", es va ruboritzar l'Erika. "Tu també."

"Hem d'anar ara. Tinc classe d'aquí a mitja hora aproximadament. Va ser agradable. No ho podrem tornar a fer mai més".

"Perquè no?"

"No hi ha ressentiments, d'acord? Ens veiem demà a l'entrenament".

Quan l'entrenadora Bethy va intentar sortir de la piscina, els instints i les hormones de l'Erika van començar, i ella va agafar l'entrenadora femenina per la cintura i la va apropar perquè es van tornar a besar. L'Erika es va sorprendre a si mateixa quan ho va fer. Es va sorprendre encara més que l'entrenadora Bethy no li donés una bufetada a la cara.

Aleshores es va acabar el petó i es van mirar.

"Em sap greu haver-te agafat així", va dir l'Erika amb una mica de pena. "No sé què em va passar".

"Ets jove i t'agrada besar-te. Ho entenc. Però no juguis mai dominant amb mi. Aquest és el meu gimnàs. Sóc la teva entrenadora. Sóc el responsable".

Ara va ser el torn de l'entrenador d'exercir el control tirant l'Erika per a un petó encara més profund, mostrant com es va fer. Mostrant una veritable sensació de control sobre la situació, l'entrenadora fins i tot va lliscar la mà per sota, va tirar de costat la part inferior del vestit de bany de l'Erika i va ficar dos dits, sense parar fins que va arribar l'Erika.

I l'Erika va arribar en poc temps.

CAPÍTOL 3

Era tot el que podia pensar, realment.
Després d'una experiència com aquesta,
per què pensar en una altra cosa?

Per això, va ser una gran sorpresa per a
l'Erika que l'entrenadora Bethy
aparentment li va donar l'espatlla freda
a l'entrenament l'endemà. Un cop més,
l'entrenadora va jugar com a favorita i
va passar la major part del seu temps
comunicant-se amb les millors jugadores
i donant instruccions generals. Era
comprensible tenint en compte la
pressió de l'equip per guanyar.

Però tot i així, no fas un petó a una noia,
la fas córrer a la piscina i finges que no
ha passat mai. Això simplement no és

correcte. Com a mínim, l'Erika esperava un somriure i una salutació, però ni tan sols ho va aconseguir.

Pitjor, l'entrenadora Bethy fins i tot li va demanar que guardés l'equip per ella mateixa, ja que era "el seu torn de netejar". Es va assegurar que estava sent castigada pel seu comportament sexual massa agressiu a la piscina, i aquesta va ser la manera de l'entrenador de fer-li saber qui és el cap.

Quan l'Erika finalment va poder prendre la dutxa, es va prendre el seu temps i va aprofitar l'oportunitat per relaxar-se. Les altres noies ja s'havien dutxat, van sortir del vestidor i la pobre Erika estava tota sola. Es va fregar i es va rentar els cabells. Tot el que podia pensar era en com va viure aquesta bonica experiència amb l'entrenadora Bethy, que d'alguna manera es va embrutar.

Quan el xampú es va rentar i es va treure els cabells cap enrere, va veure algú a la cantonada de l'ull i es va girar per veure l'entrenadora Bethy allà parada, encara vestida amb una samarreta senzilla i pantalons de xandall, recolzada a la paret mirant-la.

L'Erika va apagar la dutxa i va deixar que l'aigua degotés del seu cos. No va tenir cap problema per posar-se nu davant de la seva entrenadora. Potser era perquè ja estava tan esgotada; físicament per la pràctica, i emocionalment pel seu maltractament percebut. O potser perquè era excitant deixar que la seva entrenadora la veiés nua així.

"Ets simpàtic d'aquesta manera", va dir l'entrenadora Bethy amb ulls d'admiració.

"Com despullat?"

L'entrenadora Bethy va somriure. "Sí, les teves pits són boniques, com m'imaginava. M'encanta la manera com l'aigua cobreix els teus pits alegres, i aquests mugrons rosats són per morir-se".

Les paraules tranquil·litzadores van fer que l'Erika mantingués la barbeta alta i apuntés el pit cap endavant.

"Seguir endavant".

L'entrenadora Bethy va examinar més. "Tens una figura preciosa. Pell suau. Una forma agradable. I un cul rodó agradable que m'agradaria poder enterrar la meva cara."

L'Erika va estrenyir les galtes del cul amb el simple esment de la seva forma rodona.

"Potser et deixaria jugar amb el meu cul si no fossis tan menyspreat amb mi avui. El nostre tema de la piscina no significava res per a tu?"

"En primer lloc, estàs absolutament deliciós", va afirmar l'entrenadora Bethy. "Segon, el motiu pel qual et vaig assignar a netejar és perquè estaríem sols ara mateix".

El cony de l'Erika es va tancar. "Oh."

"Seré sincer; no puc deixar de pensar en tu. Però, al mateix temps, no vull perdre la meva feina ni la reputació per això".

"Puc guardar un secret", va dir l'Erika.

"Jurar?"

"Ho juro".

"Bé, perquè necessito una dutxa", va respondre l'entrenadora Bethy. — Engendreu l'aigua i m'ajudaràs a rentar-me?

El cor de l'Erika va bategar. "Segur, qualsevol cosa".

L'Erika tornava a fer córrer l'aigua de la dutxa mentre veia com l'entrenadora Bethy es treia la roba d'una manera tan casual. Sota la samarreta de l'entrenador hi havia un sostenidor esportiu negre que cobria els pits petits. L'entrenadora es va treure les sabates i els mitjons, dempeus a terra descalça; després li van sortir els pantalons, deixant al descobert les seves calces.

El més boig va ser que l'entrenadora Bethy es va despullar com si estigués sola. Sense mirar a ningú. Sense dubtes. No hi ha res sexy. Quan es va treure el sostenidor i les calces esportives, va revelar el seu cos nu amb una línia de bronzejat en bikini al voltant dels pits i l'entrecuix. Els seus pits eren petits però els mugrons marrons eren grans i ja rígids.

L'Erika es va quedar congelada mentre la seva entrenadora s'acostava a ella i es va posar sota l'aigua per esbandir-se. Aleshores es va fer a un costat.

"Xampú", va dir l'entrenadora d'esquena. "Llavors fes servir el teu exfoliant sobre mi".

"Sí, entrenadora Bethy".

Amb les mans ansiosos, l'Erika va posar una porció adequada de xampú als palmells i el va fregar als cabells del seu entrenador. Va acariciar i fer massatges fins que hi havia bombolles blanques d'escuma per tot arreu. Va ser divertit i estranyament eròtic rentar els cabells d'una altra dona.

A continuació va venir la part divertida. L'Erika es va rentar les mans a l'aigua de la dutxa i després va posar gel a una frega.

"A tot arreu?" va preguntar l'Erika.

L'entrenadora Bethy es va girar per enfrontar-se a l'Erika, de manera que estiguessin cara a cara, nus.

"A tot arreu".

L'Erika va respirar profundament i es va posar a treballar en el cos de la Bethy. Començant primer pels espais "segurs", com les espatlles i els braços, sentint el to muscular prim. Després es va moure cap als seus pits. Els seus ulls admiraven les línies bronzejades. L'Erika volia desesperadament pessigar aquells mugrons marrons, però no tenia permís, així que va evitar fer-ho. No obstant això, va utilitzar l'exfoliant per pressionar sobre els mugrons i els pits, observant-los com es mouen lleugerament. Les cames es van fer les darreres.

"Ara, deixa el matoll", va dir l'entrenadora Bethy. "Frega'm la pell. Així es netegen els cossos, no?"

"Sí", va respondre l'Erika.

Va ser una pura delícia quan l'Erika va fregar les mans nues per tota la pell sabonosa de l'entrenadora, sentint el to i la carn. Finalment va arribar a sentir aquells pits, fins i tot fregar els mugrons (tot i que encara no va poder reunir el coratge per pessigar-los). Fins i tot va fregar les cuixes atlètiques, els panxells i el cul ferm de l'entrenadora.

"A tot arreu", va dir l'entrenadora Bethy, donant-li l'esquena a l'Erika. "Frega'm el clítoris".

L'Erika va boquejar. —No tens por que algú ens agafi?

"A aquestes hores del dia, ningú hauria de tornar aquí. Sigui com sigui, el millor és donar pressa".

"Què vols que faci exactament?"

"Fes-me correr".

L'Erika va tragar. "D'acord. Vols que et torni el favor de la piscina."

"Noia intel·ligent."

L'Erika va pressionar la part davantera del seu cos nu contra la part posterior nua de l'entrenadora. Se sentia elèctric. Llavors va estirar cap endavant amb la mà dreta i va tocar l'entrecuix i els llavis exteriors de l'entrenadora. Se sentia com un llamp. Després va fregar el clítoris de l'entrenadora. Déu meu...

Va ser bastant senzill. L'Erika va implementar la seva rutina normal de masturbació amb dos dits al cony de l'entrenadora i la reacció va ser instantània. L'entrenadora Bethy va gemegar i va inclinar el cap enrere davant del plaer.

"Ets tan bo en això", va gemegar l'entrenadora Bethy. "On has estat tota la meva vida?"

L'Erika va seguir fregant-se el clítoris. "Ara puc ser la teva ajudant d'entrenadora femenina".

"Exacte. No oficialment, és a dir. Perfecte per alleujar l'estrès en qualsevol circumstància. No pares, vaig a correr-me."

Escoltar aquestes paraules només va encendre un foc sota l'Erika. Va agafar el cos nu de l'entrenadora amb força i es va fregar furiós.

De sobte, el cos de l'entrenadora es va tensar i va inclinar el cap més enrere. Va inspirar profundament i ho va aguantar, com si el cor s'hagués aturat, després ho va exhalar tot. Totes les seves tensions del dia van desaparèixer en un instant, substituïdes completament pel plaer.

"Va ser una delícia", va respirar l'entrenadora Bethy.

"Ja saps, si les meves mans no estiguessin cobertes de sabó, em lleparia els dits ara mateix".

L'entrenadora Bethy es va girar perquè s'enfrontessin. "Això és el que fas normalment després de masturbar-te?"

"Si estic de bon estat d'ànim".

"Bona noia."

Van riure i es van besar als llavis.
Després van entrar junts a l'aigua de la
dutxa i van deixar que el sabó fluís pel
desguàs.

Quan van tancar l'aigua, es van fer un
petó més i, de cop, ho van sentir: parlant
i rient. Dues o tres noies acabaven
d'entrar al vestidor.

"Oh, merda", va xiuxiuejar l'Erika en una
bocanada. "Ens hem de vestir".

"No hi ha temps. Segueix-me".

L'entrenadora Bethy va agafar l'Erika pel
canell i la va treure de la dutxa mentre
agafava la seva pròpia roba en el procés.
Van anar de puntes cap al darrere del
vestidor, on l'entrenadora va llençar la

seva roba a un banc i es va posar el dit als llavis per dir: 'Shhh...'.

Es van quedar allà en silenci, nus, els seus cossos gotejant aigua mentre escoltaven parlar les noies. Eren tres jugadores de l'equip de softbol. Irònicament, va ser el mateix grup de noies religioses que havia descobert el secret lèsbic de l'entrenadora feia temps.

Aquesta sensació retorçada de la ironia només va fer somriure a l'entrenadora Bethy i admirar de prop la bellesa de l'Erika, mentre l'esquena d'Erika estava pressionada contra l'armari.

"No facis cap so", va xiuxiuejar l'entrenadora Bethy.

Mentre les noies parlaven en veu alta entre elles, la llengua de l'entrenadora va fer un petó a l'Erika, i l'Erika es va fer un petó tan silenciós com van poder.

Però l'entrenador Bethy no era només un petó. De cap manera. L'entrenadora es va posar de genolls i va mirar cap amunt amb una mirada diabòlica als ulls. A l'instant, això va posar nerviosa l'Erika. Sabia que si la seva entrenadora experimentada la menjava, no hi havia manera de contenir-se. No hi havia opció.

L'entrenadora Bethy va aixecar una de les cames de l'Erika i va col·locar el peu a la banqueta, deixant l'Erika amb un cony humit i estès. L'entrenadora va tornar a fer el gest de 'Shhh....' i va començar a menjar, prement els llavis de la seva boca contra els llavis del cony de l'Erika.

Per la seva banda, l'Erika va tancar la mandíbula. En bona mesura, l'Erika va prémer els dos palmells sobre la seva boca per suprimir qualsevol soroll que pogués escapar. Es va obligar a callar mentre l'entrenadora feia una actuació oral experta; sentir com la llengua s'enfonsa cap dins i fora, sentint els seus llavis xuclats i, de tant en tant, sentir la llengua calenta parpellejar pel seu clítoris.

La va tornar boja, sobretot escoltar com les jugadores de l'equip feien acudits sobre les seves vides sexuals. També va ser excitant escoltar aquells jugadors mentre tenien una trobada lèsbica secreta amb l'entrenadora Bethy.

Els sentiments es van acumular dins de l'Erika i sabia que anava a esclatar. Estava aterrida de cridar perquè els atraparien.

Va donar un cop a l' entrenadora Bethy al cap i va dir les paraules: "Vaig a correr-me molt fort".

En lloc d'aturar-se, l'entrenadora Bethy només va semblar més excitada i va tornar a fer el gest de 'Shhh...'.

L'entrenadora Bethy va tornar a menjar-se el cony de l'Erika, aquesta vegada amb més vigor, i va ficar dos dits dins del forat excitat. Va ser suficient per tornar boja a l'Erika. I la va fer correr.

L'Erika es va tapar la boca amb dues mans, fent tot el possible per evitar cridar. Va sentir una ràfega de líquids disparar a la boca de l'entrenadora i, per un instant, es va preguntar si l'entrenadora Bethy s'aixecava i li donaria una bufetada. En canvi, l'entrenadora va continuar xuclant. És evident que a l'entrenadora Bethy li agradava beure'n.

Quan va acabar, l'entrenadora Bethy es va aixecar i va abraçar a la seva nova jugadora preferida de l'equip, els seus cossos nus i els mugrons durs tocant-se. Es van quedar allà, mirant-se als ulls, mentre escoltaven com les altres noies encara parlaven. Hi havia líquids per tota la boca de l'entrenadora.

Finalment, les altres jugadores van marxar i van tornar a quedar soles.

"Puc dir-te un secret?" va preguntar l'entrenadora Bethy.

"Qualsevol cosa".

"Aquest és en realitat un gran fetitxe meu. Fer coses de noies/nenes al vestidor com aquesta. És una gran pujada d'adrenalina per a mi. No hi ha res semblant. M'alegro d'haver-ho pogut experimentar amb tu".

L'Erika va sospirar: "Joder, va ser tan calent. Crec que he trobat la meva nova afició preferida".

"Benvingut al meu món. Ets la primera jugadora femenina del meu equip amb qui m'he enganyat mai, i no sé què fer. Anem a descobrir-ho a mesura que avancem, suposant que ho vulguis. Continuar. Mentrestant, s'està fent tard i millor que ens vestim".

Es van tornar a besar a la boca, però aquesta vegada l'Erika va tastar el seu propi xurro a la boca de l'entrenadora. Quan l'entrenadora va acabar el petó, va agafar la seva roba i se'n va anar.

"Espera", va dir l'Erika abans que l'entrenadora Bethy pogués marxar.

"Perdoneu haver-te esquitxat a la boca
així. No volia fer-ho."

L'entrenadora Bethy va somriure: "Com
he dit, estàs deliciós".

La sessió va acabar i l'entrenadora va
marxar, roba a la mà, amb el cul nu
balancejant a cada pas perquè l'Erika
l'admirés.

FI